FLEUR DE MAMOOT

FOUTU POUR FOUTU...

Emmanuelle Martinez

FLEUR DE MAMOOT

FOUTU POUR FOUTU…

HarperCollins

Composition : Marthe Oréal - SMARTHE

HARPERCOLLINS FRANCE
83-85, boulevard Vincent-Auriol
75646 PARIS CEDEX 13
Tél. : 01 42 16 63 63
www.harpercollins.fr

ISBN 979-1-0339-0312-3

Une présentation s'impose

FLEUR DE MAMOOT naquit en ~~1970~~ ~~1984~~ ~~1995~~

et dès le berceau, voulut comprendre le monde

quand elle comprît qu'elle n'y parviendrait point

elle se jura de construire le sien

ce qu'elle fit et réussit haut la main

~~CENT~~ SANS COMPLEXE

Y A PAS DE PETITES VICTOIRES

SLIM TIME

FANTASME

Hé, on se dit ce qu'ils aiment faire au lit nos chéris ?
moi je te l'ai déjà dit c'est tirer les cheveux

LE POIL INTÈGRE

SUMMERBODY

MILLEFEUILLE

AFFINITÉS SÉLECTIVES

DUEL

VIE DE ~~MERDE~~ COUPLE

LES PROVOCATIONS DE L'HOMME MINCE

20 ANS DE MARIAGE

TRANSFERT

Chéri
je reviens
de chez
ma psy
donc
oui je
t'ai
trompé
mais sache
que c'est moi
que j'ai
trahie
avant
tout

NOCES DE PIPEAU

SURPRISE

TRUE STORY

aujourd'hui, moi monsieur, me suis fait draguer !
et alors ?
et alors j'étais en maillot à la piscine !

PRAGMATIQUE

LE BONHEUR DES UNS

MINIMALISTE

ma petite vie
mon petit boulot
mes petits collègues
mes petites soirées
mes petits sous
et sa petite bite

DISCRIMINATION

tu te lèves
le matin
sans être frippé
bouffi vieilli
tu bronzes
en 10 minutes
tu restes toujours
bien coiffé sans
te coiffer
tu manges tout
ce que tu veux
sans prendre
un gramme
écoute, c'est pas
compliqué, si
t'étais une
femme, je serais
presque jalouse

EN
PLEINE(S)
FORME(S)

APÉROBIC

YOGA TIME

EASY

maintenant vous enroulez la tête dou-ce-ment et vous essayez de toucher le sol... Normalement si vous êtes souple, votre poitrine doit toucher vos cuisses...
héhé

LA PHOTO !

L'APPROCHE DU TUTU

COLLÉ-SERRÉ

ÈRE GLACIAIRE

TANT QU'ON TOUCHE PAS

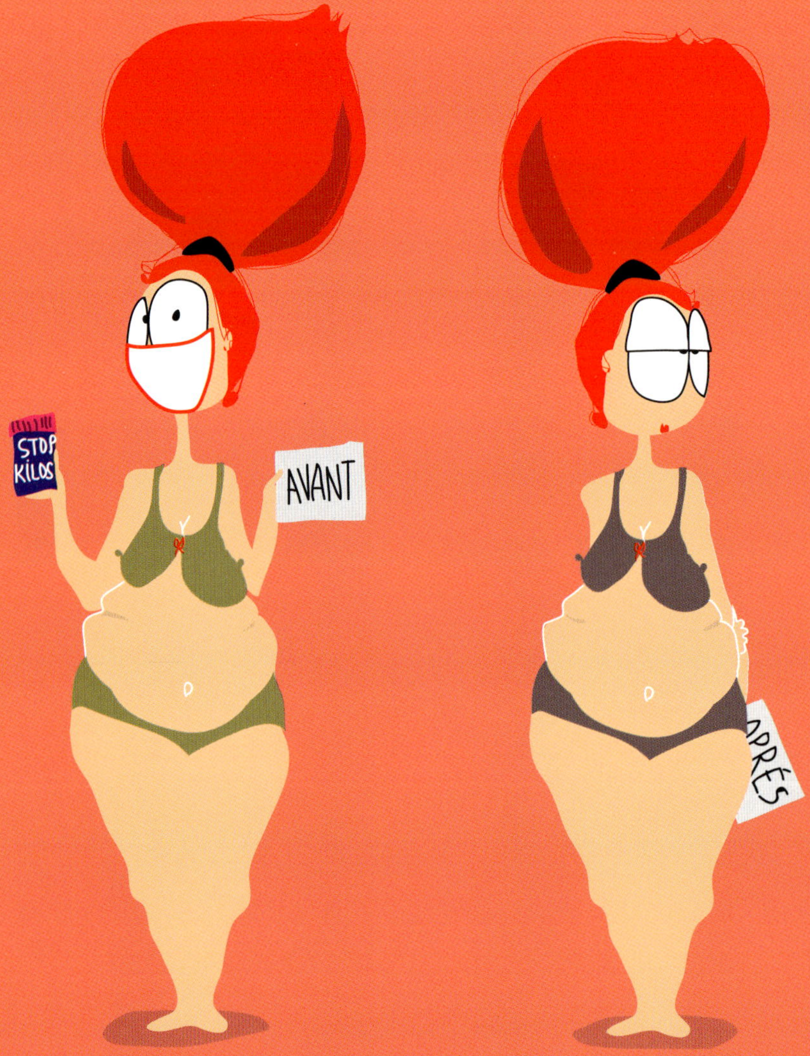
STOP KILOS
AVANT
APRÈS

~~JEÛN~~

JEUNE ET JOLIE

SILENCE, ÇA POUSSE

MONDIALISATION

LA GUERRE DE 42-44

FILET MIGNON

EN DEUX TEMPS

DEUX EN UN

tu sais que les crèmes amincissantes ça marche ?!!
nan ?!?
j'peux l'dire parce que moi à force de me masser le cul
j'ai maigri des mains !!

bor ever
love
Forever
ever
Mickael forever
INK
INK

CÉLI
BAD
TRIP

LA TOISON D'OR

VIDE-GRENIER

SCORE

OPPORTUNISTE

MRS ROBINSON

GALANTERIE IS DEAD

CHAMPÊTRE

CONCOURS DE CULOTTE

CLOSED RÉDHIBITOIRE

SUPER-FLIRT

BALLE PERDUE

non, pas vieux mais mûr à l'intérieur tu vois
même qu'il était tellement sensible qu'il en avait les yeux rouges !
l'alcoolique qui était en bout de bar ?!?
bon écoute, t'es jalouse ou quoi ?
ah non non pas du tout !
bin tant mieux parce que quand il aura retrouvé ses lunettes, il enregistrera mon number tu vois !

AU PETIT MATIN

IRMA

SOIS BELLE
ET ~~TÊTUE~~
TAIS-TOI

FAIS-MOI PEUR

LA VÉRITÉ NUE

COACH PERSONNEL

GAINÉE

FASHION

PLANTÉE

MÊME PAS PEUR

GRILLÉE

dis chéri,
faut vraiment que
t'arrêtes de me
peloter à la plage

MÈRE NATURE ~~EST UNE GARCE~~

putain
faut aimer
le bleu

AOW AOW

héhé

MOTO-MOUCHE

MIMÉTISME

SOLEIL FOURBE

LA PHRASE DE TROP

FLUSH INFOS

SERIAL BUZZER

CRUE

AVOIR UN GRAIN

CHEARS

RENCONTRE AU SOMMET

UNE POUR TOUTES, TOUTES ~~POURRIES~~ POUR UNE

CARNAVAL

pourquoi tu te maquilles?
bin pour être jolie!
Nan mais en vrai pourquoi tu te maquilles?

BLASÉE

au fait je t'ai pas dit, j'ai rencontré une nana super hier !
ha ?
hyper simple, vachement gaie, sans chichi, la meuf, elle sourit tout le temps !
heureuse de vivre quoi !
ou complètement abrutie

BÉBÉ PLEURE

bonjour madame je suis votre voisine du dessous... je voulais vous parler car toutes les nuits j'entends pleurer votre bébé pendant des heures...
et au-delà du fait que cela m'empêche de dormir
j'imagine surtout votre détresse à ne pouvoir calmer votre bébé depuis des mois
sans parler de la souffrance de votre enf...
bonjour, parlez plus fort j'entends rien

LES EX DE MES EX

LIS-MOI

UN MEC SAFE

LE TEST

je te dis que tous les hommes sont certains d'avoir un gros sexe
n'importe quoi
ah ouais ?!? bin regarde, ils vont tous se retourner !
hé toi, grosse bite !

SUPERSTITION

SAUVONS LA ~~FACE~~ PLANÈTE

LOOK ÉCO-RESPONSABLE

MARTYR

Hé,
admets
quand
même
que c'est
drôlement
con de
s'étouffer
avec
un steak
végétarien

même
gros

PERMACULTURE

excusez-moi
monsieur,
vos légumes
sont bio et
permacultivés
agroécologiquement
ou que bio ?

JEUNE FILLE EN FLEUR

AVEC SAC POUBELLE ASSORTI

EXTINCTION

Coucou maman
Coucou ma chérie, comment vas-tu ?
bien
tu sais l'histoire des abeilles comme quoi y'en aurait moins ?
oui
et bin c'est faux

LA ~~DOUBLE~~ JOURNÉE DE LA FEMME

JOURNÉE DES DROITS DE LA FEMME

ROMANTISME

TRAHISON

tiens-toi droite bordel !
mm ?
THE FUTURE IS FEMALE
THE FUTURE IS MALE

DÉMOTIVATEUR

TRAUMA DE L'ÉCRITURE INCLUSIVE

ALORS, HEUREUSE ?

MÈRE
~~INDIGNE~~
MODÈLE

OUPS

alors ma salope, c'était bon hier au soir hein ?
tu es sur haut-parleurs et je suis avec mon fils

AFFAIRE À SAISIR

CRISE D'ADO

Mon fils si un jour tu es parent d'un ado comme toi, jure-moi de ne pas le tuer

SOUS L'EAU

je vais te couler maman! je vais te couler!
je vais te couler maman
je te coule
regarde je vais te couler maman
je t'ai coulée maman t'as vu??
t'as vu comment je t'ai coulée ???
ôte-moi d'un doute tu sais ce que ça veut dire "couler"?

ÉCHEC SCOLAIRE

et elle ne trouva pas le
cahier petits carreaux grande
marge 25 x 32,75 sans spirale
couverture glacée 72 pages
bleu

MAMAN EST BOURRÉE

OEDIPE

Mon ange, peux-tu dire à mon amie si tu as une amoureuse s'il te plaît !
Non je n'ai pas d'amoureuse parce que c'est ma mère que je préfère

FUSIONNEL

et voici mon bébé
on est très fusionnels tu verras
mais ça n'a jamais gêné mes relations amoureuses
t'en fais donc pas

INSTINCT MATERNEL

FAIL

FSC
www.fsc.org
MIXTE
Papier issu de sources responsables
FSC® C009279

Composition : Marthe Oréal - SMARTHE
Édité par HarperCollins France
Achevé d'imprimé en Espagne par Graficas Estella en décembre 2018
Dépôt légal : février 2019